Jennifer, el hada estilista

A Lizzie con amor

Un especial agradecimiento a Rachel Elliot

Originally published in English as
The Fashion Fairies #5: Matilda the Hair Stylist Fairy
by Orchard U.K. in 2012.

Translated by Karina Geada

ISBN 978-0-545-72357-2

13 12 11 10 9 8 7 6 5 4 3 2 1   15 16 17 18 19/0

Printed in the U.S.A.   40

First Scholastic Spanish printing, January 2015

De la moda soy el rey.
El glamour es mi ley.
Circón Azul es mi marca.
¡Todos se rinden ante el monarca!

Mis diseños algunos critican,
pero los genios nunca claudican.
Las hadas de la moda me ayudarán
y mis diseños en todas partes se verán.

Índice

Sorpresa en el salón

Cristina Tate y su mejor amiga, Raquel Walker, se miraban entusiasmadas en los espejos del salón. Estaban sentadas una al lado de la otra, esperando su turno para cortarse el cabello en el salón más popular de la ciudad: Bellísima.

—¿Qué se van a hacer, chicas? —preguntó Blair, el peluquero principal.

—Yo solo quiero cortarme las puntas —dijo Cristina.

—¿Y tú, Raquel? —preguntó Clara, la otra peluquera—. ¿Quisieras hacerte algo más atrevido?

Los ojos de Raquel brillaban mientras miraba a Clara en el espejo.

—Me encantaría tener un montón de trencitas por toda la cabeza —dijo—. ¿Podrías hacer eso?

—No hay nada que Clara no pueda hacer con el pelo —dijo Blair sonriendo—. ¡Manos a la obra!

Las chicas miraron el carrito que tenían entre los sillones en los

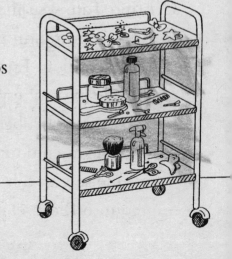

que estaban sentadas. Estaba lleno
de tijeras especiales, peines, cepillos,
hebillas, diademas y accesorios preciosos.
Levantaron la vista y sonrieron.

—Me encanta que me peinen —dijo
Raquel—. ¡Y más cuando estoy tan bien
acompañada!

Cristina estaba pasando las vacaciones
con Raquel y, como un regalo especial,
la Sra. Walker las había llevado al nuevo
salón del Centro Comercial El Surtidor.
En ese momento, la Sra. Walker leía
una revista mientras esperaba su turno.
Esa noche iría a una fiesta con el Sr.
Walker y quería verse fenomenal.

—El Surtidor es el mejor de todos los
centros comerciales —dijo Cristina—.
¡Qué suerte que hayamos podido venir
todos los días desde que abrió!

El enorme y reluciente edificio de acero y cristal se había inaugurado al comienzo de la semana.

—¿Ustedes participaron en el concurso de moda? —preguntó Blair mientras le cortaba el cabello a Cristina.

—De hecho, son finalistas —dijo la Sra. Walker con orgullo—. Las dos fueron elegidas para modelar sus diseños en el desfile al final de la semana.

—¡Guau! —dijo Clara mientras desenredaba los rizos rubios de Raquel—. Deben de haber hecho un gran trabajo. ¿La diseñadora Emma McCauley no está de jurado del concurso?

—Sí, y la supermodelo Jessica Jarvis también —dijo Raquel—. Fueron muy agradables en el taller de diseño.

—Bueno, cuéntennos cómo son sus modelos —dijo Blair.

—Yo diseñé un vestido de pañuelos de colores con una falda larga —dijo Cristina—, y Raquel pintó un arco iris brillante en sus jeans viejos. ¡Se ven fabulosos!

—Me encanta cuando una prenda vieja vuelve a cobrar vida —dijo Clara con una sonrisa—. Es muy divertido actualizar el armario.

—Podríamos enseñarles algunos peinados maravillosos para el desfile de moda —sugirió Blair.

—Por supuesto —añadió Clara. Ya había hecho un par de trenzas de prueba en el cabello de Raquel—. Pero primero necesito encontrar una manera de desenredar estos nudos de pelo, Raquel. Iré al almacén para buscar un poco de espray para peinar.

—Voy contigo —dijo Blair—. Necesito unas tijeras nuevas. ¡Todas las que he encontrado están dañadas!

Clara y Blair entraron al almacén en el mismo momento en que la Sra. Walker soltó un suspiro en la sala de espera. Luego, dio un salto y se acercó a las chicas.

—Miren esto —dijo, mostrándoles la revista que estaba leyendo.

Era el último número de *Al día con la moda de El Surtidor.* Raquel y Cristina habían ayudado a Nicki Anderson, la reportera de esa revista, a entrevistar a Emma McCauley.

—¿Ya publicaron la entrevista de ayer? —preguntó Raquel.

—Sí, y está muy interesante —agregó la Sra. Walker—. ¡Bien hecho, chicas! Pero qué lástima que no pudieron encontrar una mejor foto de Emma.

—Déjeme ver —dijo Cristina.

La Sra. Walker les pasó la revista a
las chicas, que no podían creer lo que
estaban viendo. ¡El peinado de la
diseñadora lucía horrible!

—Parece acabada de salir de la cama
—dijo Raquel—. Siempre se ve super-
elegante. Ayer su cabello no lucía tan
desordenado.

Cristina miró de cerca la foto.

—Qué extraño —comentó—. Es como si el cabello tuviera una sombra azul.

Pasó la página y soltó un grito de sorpresa. Había una foto de la supermodelo Jessica Jarvis, y también tenía el cabello recogido en un moño despeinado.

—Su cabello es azul —dijo la Sra. Walker—. Le queda fatal, ¿verdad?

Raquel y Cristina se miraron preocupadas. ¿No sería esto obra de Jack Escarcha y sus duendes?

Un buen enredo

—El cabello azul debe de ser el último grito de la moda —dijo la Sra. Walker—. ¡Pero no creo que sea una buena idea para la fiesta de esta noche! —añadió riendo mientras regresaba a la sala de espera.

—Apuesto a que detrás de esto está Jack Escarcha —dijo Raquel pensativa, dando golpecitos con el dedo sobre la foto de Jessica Jarvis.

A principios de semana, Cristina y Raquel habían visitado el Reino de las Hadas para asistir al desfile de moda de sus amigas las hadas. Todo el mundo la estaba pasando de maravillas hasta que Jack Escarcha y sus duendes interrumpieron el desfile vistiendo extravagantes trajes azules que el mismo Jack Escarcha había diseñado. El muy malvado había creado su propia marca de ropa llamada Circón Azul.

—¿Recuerdas lo que dijo Jack Escarcha? —preguntó Cristina—. Quiere que todos, humanos y hadas, nos vistamos de azul para parecernos a él.

Raquel asintió preocupada. Jack Escarcha se había robado los objetos mágicos de las hadas lanzando rayos helados. Y los había llevado al Centro Comercial El Surtidor. Pero las hadas necesitaban recuperar esos objetos para que el mundo de la moda no se convirtiera en un verdadero desastre.

—Ya hemos ayudado a las hadas a encontrar cuatro de los objetos mágicos —dijo Cristina—. Tenemos que seguir buscando. No podemos dejar que Jack Escarcha lo vuelva todo azul.

—En cuanto terminen de peinarnos seguiremos buscando en el centro comercial —dijo Raquel mirando el carrito, justo al lado de su sillón—. ¡Mira, Cristina! ¡Las hebillas están brillando!

Las diminutas horquillas

emitían un resplandor rojo, azul, verde
y plateado. De pronto, se arremolinaron
en el aire formando un torbellino de
color, y Jennifer, el hada estilista,
apareció. Las hebillas volvieron a
ser como antes, y
Jennifer se sacudió
un poco de polvo
mágico de su blusa
roja y sus *shorts*
color púrpura.

—¡Hola,
Jennifer! —dijo
Cristina emocionada
de ver al hada.

—¡Hola, chicas! —dijo Jennifer,
apartando de su cara un mechón de
cabello rojo—. Tengo noticias sobre mi
cepillo mágico. Jack Escarcha y sus

duendes lo están utilizando para ponerle el pelo azul a todo el mundo.

—Es por eso que las fotografías en la revista se veían tan extrañas —exclamó Raquel.

Las chicas le contaron rápidamente lo que habían visto, y Jennifer se quedó boquiabierta.

—Lo que quiere Jack Escarcha es que el pelo de todos sea del mismo color que la ropa de Circón Azul —dijo el hada—. Tengo que detenerlo… pero no sé cómo.

—Nosotras te ayudaremos —dijo Cristina—. Sé que juntas podremos encontrar tu cepillo mágico.

Justo en ese momento, se abrió la puerta del almacén.

—Ahí vienen Clara y Blair —dijo Raquel—. ¡Escóndete, Jennifer!

Rápidamente, el hada se escondió en el bolsillo de Cristina mientras los estilistas se acercaban.

—Bueno, vamos a hacerles unos peinados fabulosos —dijo Blair con una sonrisa.

Clara roció un poco de espray para desenredar los rizos de Raquel y poder seguirle trenzando el cabello, en lo que Blair le cortaba las puntas al cabello de Cristina. Aunque Blair parecía tranquilo y sonriente, era obvio que algo andaba muy mal. Los rizos de Raquel parecían indomables y no había manera de que el corte de Cristina quedara parejo.

Cuando Clara miró su reloj, ya había logrado hacer casi todas las trenzas de Raquel, y el cabello de Cristina se veía más o menos de la misma longitud a ambos lados, pero los cabellos de ambas chicas habían dado mucho trabajo.

—Lo siento —dijo angustiada la peluquera—, no tendremos tiempo para mostrarles los peinados que les prometimos para el desfile de moda, y sé que no hemos hecho un buen trabajo en su cabello.

Se veía tan afligida que Raquel le dio un apretón de manos. Ella sabía que no era culpa de Clara. ¡Jack Escarcha y sus duendes estaban causando todos los problemas!

—No te preocupes —dijo Raquel—. A lo mejor dentro de un rato todo estará bien.

—Sí, en cuanto encontremos el cepillo mágico de Jennifer —murmuró Cristina—. ¿Dónde estará?

—Adelante, Sra. Walker —dijo Blair, acomodando el sillón mientras las chicas se ponían de pie. La Sra. Walker se sentó, pero al ver a las chicas su sonrisa desapareció.

—Oh —exclamó sorprendida—.
Eso no era exactamente lo que había
imaginado.

—Por favor, mamá, no te preocupes
—dijo Raquel besándola—. Estoy segura
de que tu peinado se verá genial.

—¿Podemos dar una vuelta por el
centro comercial mientras la peinan?
—preguntó Cristina—. Nos vemos aquí
mismo en un rato.

La Sra. Walker estuvo de acuerdo y las
chicas salieron corriendo del salón en
cuanto Blair comenzó a cortarle el cabello.

—Mamá quiere lucir muy elegante
para la fiesta de esta noche —dijo
Raquel—. Tenemos que encontrar el
cepillo mágico de Jennifer… ¡y pronto!

¡El mundo en azul!

Las chicas caminaron lentamente por el largo pasillo del Centro Comercial El Surtidor. Todas las tiendas estaban repletas de gente. De repente, Cristina agarró la mano de Raquel.

—¡Mira! —dijo—. La señora sentada en aquel café tiene el cabello azul.

—Tienes razón —dijo Raquel—. Igual

que la camarera que
le está sirviendo.

En ese
momento, les
pasaron por el
lado tres chicas
risueñas con
el pelo azul
recogido en
coletas. Un
hombre con
un extravagante
corte y el cabello azul
salía corriendo de una tienda
de flores.

—Parece que a todos les gusta el pelo
de ese color —dijo Cristina—. ¡Oh, mira
qué lindo el perrito!

Un perro movía la cola a la entrada

del salón para perros. Su pelaje rizado y brillante también era azul.

—Sí, pero... ¿viste a sus dueños? —preguntó Raquel.

La pareja junto al perro también tenía el pelo azul. Lo llevaban recogido en un enorme moño en la parte superior de la cabeza.

—¡Se parecen al perro! —dijo Jennifer asomándose por el bolsillo de Cristina—. Ay, las cosas están empeorando.

Tenemos que encontrar a Jack
Escarcha… y rápido.

Las chicas doblaron a la izquierda,
rumbo a una tienda de ropa y accesorios,
y al mirar a través de la vidriera se
quedaron sin aliento. Todos los clientes
tenían el pelo azul y compraban
entusiasmados hebillas, diademas y cintas
azules para que hicieran juego con su pelo.

—No entiendo por qué se ven tan felices —dijo Raquel—. ¿Crees que realmente les gusta?

—Creo que están bajo el efecto de mi cepillo mágico —dijo Jennifer—. Con solo tocarte el cabello te hace sentir hermosa y feliz, no importa cómo te veas.

Cristina y Raquel llegaron a la fuente que estaba en medio del centro comercial. Se detuvieron un instante para contemplarla, al igual que las brillantes flores tropicales. De pronto, Cristina sintió un escalofrío en la espalda.

—Raquel, ¿lo has notado? —preguntó en voz baja—. ¡Todo el mundo tiene el cabello azul!

Raquel miró a su alrededor. Hombres, mujeres, niños y perros caminaban de aquí para allá, y casi todos tenían el cabello azul.

—¿Qué estará haciendo Jack Escarcha? —preguntó.

En ese momento, vio a un hombre a la entrada de la heladería. Aunque estaba de espaldas, su silueta le resultó familiar.

—¡Qué extraño! —dijo con una risita—. Si no fuera por el cabello azul erizado, juraría que ese hombre es mi papá.

Entonces, el hombre se volvió hacia ellas, y a Raquel y a Cristina se les cortó la respiración. Era el Sr. Walker…

¡con un nuevo peinado al estilo Jack Escarcha! Las saludó con la mano y sonrió.

—¡Hola, chicas! —dijo acercándose—. Qué suerte encontrarlas. ¿Qué les parece mi nuevo corte de pelo?

Las chicas no podían decir palabra. Cristina contenía la risa con tantas fuerzas que se sonrojó. Raquel se quedó muda por la sorpresa. ¿Cuál sería la reacción de su mamá al ver a su papá?

—El estilista me dijo que estos

pinchos se me ven fenomenales —agregó el Sr. Walker.

—Te ves... diferente —logró decir Raquel.

A Cristina se le escapó una carcajada y tuvo que voltear la cara. Por suerte, el Sr. Walker no se dio cuenta. Estaba demasiado concentrado mirando las pantallas de televisión del centro comercial. Una de ellas mostraba un llamativo anuncio en azul y blanco.

PÓNGASE A LA MODA.

¡VISITE EL SALÓN CIRCÓN AZUL!

—De ahí mismo vengo —dijo el
Sr. Walker, señalando la pantalla del
televisor—. El estilista era increíblemente
rápido y el lugar parecía muy popular.

Cristina dejó de reírse y miró a su
amiga. ¡En el Salón Circón Azul
debían de estar los
duendes!

—Papá, nos
encantaría
conocer
el nuevo
salón de
belleza
—dijo
Raquel.

—No me sorprende —dijo el Sr. Walker mirando las trenzas despeinadas de Raquel y el corte disparejo de Cristina—. Estoy seguro de que les encantará. Queda ahí mismo a la izquierda —añadió señalando uno de los pasillos.

—Gracias, papá —dijo Raquel—. Nos vemos luego.

Las chicas corrieron por el pasillo y vieron un quiosco azul con un cartel a la entrada que decía SALÓN CIRCÓN AZUL. Una larga fila de clientes esperaba afuera. Al principio de la fila había dos personitas de baja estatura y abundante melena azul que eran las encargadas de anotar los nombres y dar los turnos. Cristina y Raquel se acercaron para escuchar lo que decían.

—Oigan —les dijo una de estas personas a las chicas—. ¡Esperen a que llegue su turno! Pónganse al final de la fila.

Cristina se quedó sin aliento. Bajo la enorme cabellera azul logró vislumbrar una nariz puntiaguda y una cara verde.

—¡Es un duende! —le dijo a Raquel.

Cristina se disfraza

—El cepillo mágico de Jennifer podría estar dentro del salón —dijo Raquel—. Cristina, tenemos que hacer la fila.

—Tengo una idea —susurró Jennifer desde el bolsillo de Cristina—. ¿Ven algún sitio donde podamos escondernos?

Las chicas miraron a su alrededor, y entonces Raquel divisó una columna que podía servirles de escondite. La tienda más cercana todavía no estaba abierta y si se ocultaban detrás de la columna nadie podría verlas.

—Por aquí —dijo agarrando a Cristina de la mano.

En cuanto se escondieron, Jennifer salió del bolsillo.

—Si las convierto en hadas podemos entrar al salón sin ser vistas —dijo.

Raquel y Cristina asintieron entusiasmadas. ¡Les encantaba convertirse en hadas! Jennifer agitó su varita mágica y una nube de polvo dorado cayó sobre las chicas, que poco a poco se fueron encogiendo. Un segundo después, delicadas alas transparentes aparecieron en sus espaldas. Las chicas comenzaron a batirlas felices.

—Síganme —dijo Jennifer.

Volaron hacia lo más alto del centro comercial. Como el Salón Circón Azul era un quiosco sin techo, pudieron ver a un duende peinando a uno de los clientes.

—Acerquémonos —sugirió Cristina.

Las chicas descendieron hasta quedar justo encima de la acción.

El duende le rociaba un atomizador azul en el cabello a su cliente y, entre rocío y rocío, contemplaba su propia imagen en un espejo y se acomodaba sus rizos azules.

—¡Qué ridículo se ve! —susurró Raquel.

—¿Ves el cepillo mágico? —preguntó Cristina.

Jennifer negó con la cabeza.

—Pero estoy segura de que está aquí —respondió.

En ese momento, uno de los duendes que estaba a la entrada del salón asomó la cabeza dentro del quiosco.

—¡Date prisa! —gritó—.
Hay una enorme fila aquí
afuera.

—Voy lo más rápido que
puedo —protestó el duende
estilista.

El otro duende desapareció,
pero a los pocos segundos
estaba de regreso.

—¿Por qué te demoras tanto?
—preguntó—. Jack Escarcha quiere
que hoy todos tengan el pelo azul.

—¡Pues yo sólo tengo dos manos!
—gritó estresado el estilista.

Justo en ese instante, Raquel vio
un cepillo brillante en el bolsillo del
duende.

—¡Miren! —susurró—. ¿No es el
cepillo mágico?

—¡Lo encontramos! —exclamó Jennifer—. Pero, ¿cómo conseguiremos quitárselo?

—Tengo una idea —dijo Cristina—. Escondámonos en el salón. Si Jennifer me puede disfrazar de duende, tal vez el duende estilista me deje relevarlo.

Las hadas se ocultaron detrás de un enorme espejo. Vieron al duende sacar unas tijeras y empezar a recortar el pelo del cliente. Rápidamente, Jennifer agitó su varita sobre la cabeza de Cristina y lanzó el siguiente hechizo:

"Mientras el estilista corta el cabello,
transformo al hada con un destello.
Le doy a su piel un tono verdoso…
¡Y que no se me olvide el cabello azuloso!".

Las alas de hada de Cristina desaparecieron en el mismo momento en que le creció una puntiaguda nariz de duende. La piel se le fue poniendo verde y

el pelo, azul. La chica dio una vuelta y…
¡pum! ¡Transformación total!

—¿Cómo me veo ? —preguntó
Cristina con una
sonrisa.

—Horrible
—dijo Raquel
sonriendo.
¡Es un disfraz
perfecto!

Cristina
esperó a que el
cliente que atendía
el duende estilista se
levantara y, antes de que llamaran al
siguiente, salió de su escondite. Raquel
y Jennifer no le quitaban los ojos de
encima y mantenían los dedos cruzados
para que todo saliera bien.

—Vine para que puedas descansar un poco —le dijo Cristina al duende—. Si quieres yo atiendo al próximo cliente. Solo necesito las tijeras y el cepillo —añadió extendiendo la mano.

Raquel y Jennifer contuvieron la respiración. El duende se quedó pensativo. Metió la mano en el bolsillo del delantal... pero inmediatamente negó con la cabeza.

—Jack Escarcha dijo que soy el único estilista —dijo acomodando sus rizos.

—Pero te ves muy cansado.

¡Yo podría ser tu ayudante! —insistió Cristina.

El duende se acercó al espejo para verse mejor.

—No —repitió—. Soy el único duende con el talento de un estilista.

Cristina se mordió el labio. Raquel y Jennifer estaban escondidas justo del otro lado de ese espejo y el brillo dorado del hada iluminaba el borde inferior. Cristina tenía la esperanza de que el duende estuviera demasiado entretenido contemplándose a sí mismo, pero cuando

él bajó la vista para mirar sus pies gigantescos, se sorprendió.

—¿Y esto qué es? —preguntó señalando el resplandor dorado—. ¿Qué está pasando aquí?

Una persecución descabellada

Raquel y Jennifer salieron volando de detrás del espejo.

—¡Rápido, agarra el cepillo mágico! —gritó Jennifer.

—¡Hadas! —chilló el duende, sosteniendo con fuerza el cepillo brillante en una mano—. ¡Déjenme en paz!

Salió corriendo del salón y desapareció

entre la
multitud de
clientes.

—¡Yo lo sigo!
—exclamó
Raquel, y salió
disparada tras el duende
mientras Jennifer agitaba su varita
mágica para convertir nuevamente a
Cristina en hada.

Jennifer y Cristina lograron alcanzar a
Raquel, que volaba a toda velocidad por
el centro comercial.

—¿Puedes verlo? —le preguntó
Cristina a Raquel.

—Sí, acaba de entrar al salón para
perros —dijo Raquel—. ¡Síganme!

Las hadas descendieron rápidamente

y entraron al salón. Entre el sonido de
los secadores y los aullidos felices de las
mascotas consentidas, las chicas sintieron
un gran alboroto en una esquina del
salón. También les pareció ver pasar un
mechón de pelo azul. Los perros ladraban
y corrían hacia la misma esquina.

—¡Ya! —le gritó un señor a un caniche
que saltaba nervioso.

—¡Échate!
—le gritó una
empleada de
la tienda a
un pequinés
que brincaba
salpicando
champú por
todas partes.

—¡Y todo por culpa del duende!
—protestó Jennifer.

En cuestión de segundos se formó tal
caos que ningún perro le hacía caso a
su dueño. Entonces, las chicas vieron
el mechón de pelo azul correr hacia la
puerta.

—¡Que no se nos escape! —gritó
Cristina.

Salieron volando a toda prisa del lugar, mientras el duende se abría paso entre la gente que caminaba por los pasillos del centro comercial.

—¡Entró a Toque Final! —dijo Raquel.

Las hadas entraron también a la tienda de accesorios y alcanzaron a ver al duende sosteniendo el cepillo mágico en la mano. Raquel se dirigió hacia él con cuidado de que no la viera. Extendió la mano para intentar recuperar el cepillo, pero solo logró tocar las puntas de la larga cabellera azul del duende. Para su

sorpresa, el cabello se le movió en la cabeza. ¡Era una peluca!

Raquel se unió a Cristina y Jennifer, que permanecían revoloteando en lo más alto de la tienda.

—No sirvió de nada —dijo—. No pude arrebatarle el cepillo. Pero descubrí que lleva una peluca.

—Sí… ¡y miren cuánto le gusta! —observó Jennifer.

El duende estaba alelado frente a un espejo enderezándose la peluca y acomodándose algunos mechones de cabello.

—¡Se me acaba de ocurrir algo! —dijo Cristina—. No hemos podido arrebatarle el cepillo, pero podemos intentar  arrancarle la peluca. Tal vez así esté dispuesto a hacer un intercambio.

—¡Fantástico plan! —dijo Raquel sonriéndole a su amiga—. Miren, ya se va, vamos a seguirlo.

El duende salió de la tienda y entró a la heladería Caramelo. Raquel, Cristina y Jennifer se quedaron revoloteando cerca de la puerta.

—Bueno, Raquel, prepárate —dijo Cristina—. En cuanto salga, nosotras le

arrancaremos la
peluca.

—Recuerden,
no pueden dejar
que nadie las
vea —dijo
Jennifer.

Las chicas
asintieron sin apartar
los ojos de la entrada de la heladería.
En cuanto el duende salió, miró a su
alrededor buscando a las hadas.

—¡Ahora! —gritó Cristina.

Las chicas se abalanzaron hacia las
puntas del cabello azul del duende y
tiraron de la peluca con todas sus
fuerzas.

—¡Ay! —chilló el duende agarrando
la peluca.

Raquel y Cristina halaron lo más duro que pudieron, pero la fuerza del duende era mayor. De un tirón, les arrebató la peluca de las manos. Pero en ese momento, el duende estilista perdió el equilibrio y cayó al piso. La peluca voló por el aire y aterrizó en un contenedor de basura.

El duende se paró refunfuñando. Agarró la peluca de la basura y se la acomodó de nuevo en la cabeza. Se le habían enganchado restos de comida y envolturas pegajosas de helado. El duende olfateó su cabellera azul con tristeza y se guardó el cepillo mágico en el bolsillo. Entonces, salió arrastrando los pies hasta la fuente del centro comercial y empezó a lavarse el cabello.

Raquel y Cristina volaron hasta allí y se escondieron en el borde interior de la fuente. Luego, se les unió Jennifer.

Cristina decidió dirigirse al duende.

—Lo sentimos mucho —le dijo—. No queríamos echar a perder tu peluca.

—Está arruinada —dijo el duende oliéndola de nuevo—. Hadas inoportunas.

De repente, a Raquel se le ocurrió una idea maravillosa.

—Escucha —dijo con voz amable—, creo que hay una manera de que todo vuelva a ser como antes. La magia de Jennifer puede dejar tu peluca como nueva. Todo lo que tienes que hacer es devolverle su cepillo mágico. ¿Qué te parece?

Rompiendo el hechizo

El duende no necesitó ni un segundo para pensarlo. Amaba su peluca más que a nada en el mundo. De inmediato, le devolvió el cepillo mágico a Jennifer.

En cuanto el hada lo tocó, el cepillo se redujo de tamaño… y el pelo largo y azul del duende volvió a estar limpio

y sedoso. El duende gritaba de alegría
mientras miraba su reflejo en la fuente.

Cristina y Raquel sonrieron.

—Cristina, tu cabello ya no está
disparejo —dijo Raquel—. ¡Se ve
lindísimo!

—Y tus trenzas te quedaron perfectas
—agregó Cristina.

—Ese es el poder
del cepillo mágico
—dijo Jennifer,
dando saltitos
de alegría.

El duende
estaba
entretenido
recogiéndose
en dos coletas
su cabellera azul.

Jennifer tomó a
Cristina y a Raquel
de las manos.
—Ya casi es
hora de regresar al
Reino de las Hadas
—dijo—. ¡Me muero
por contarles a todos

las buenas noticias! Pero antes debo
devolverlas a su tamaño normal.

Levantó el vuelo y las chicas fueron
tras ella. Desde lo alto del centro
comercial pudieron percatarse de que los
compradores ya no tenían el pelo azul.

—Qué bueno que todo ha vuelto a la
normalidad —dijo Cristina.

—Miren, también desapareció la fila
frente al Salón Circón Azul —observó
Raquel.

Los dos duendes encargados de la fila estaban allí todavía, pero ya no tenían clientes.

—Vengan, pasen… ¡aquí les ponemos el pelo azul! —les decían a todos.

Pero las personas seguían de largo, riendo y moviendo la cabeza. Raquel, Cristina y Jennifer se escondieron detrás del salón, y con un movimiento de la varita del hada las chicas volvieron a su tamaño normal.

—Gracias por ayudarme a encontrar mi cepillo mágico —dijo Jennifer—. Me

gustaría hacerles un regalo especial,
algo que puedan usar en el desfile
de moda.

Dos cintas de polvo mágico brotaron
de su varita mágica. Una cayó sobre la
cabeza de Raquel,
y la otra sobre
la de Cristina.
Al instante,
aparecieron
dos hebillas
violetas
preciosas.
Brillaban
con polvo
mágico.

—Gracias —dijo Raquel con los ojos
radiantes de alegría.

—Son hermosas —agregó Cristina.

—Adiós, chicas —dijo Jennifer con una sonrisa—. Buena suerte en el desfile.

—Adiós, Jennifer —respondieron las chicas al unísono—. ¡Gracias!

Entonces, la diminuta hada desapareció en una pequeña explosión de chispas. Raquel y Cristina salieron de detrás del salón y vieron a los duendes alejarse de muy mal humor.

—Vamos —dijo Raquel mirando el reloj—, ya es hora de encontrarnos con mi mamá en el salón.

Las chicas corrieron por el centro

comercial hasta llegar a Bellísima. Justo en ese momento salía la Sra. Walker. Llevaba el pelo recogido en un elegante peinado.

—¡Mamá, te ves preciosa! —exclamó Raquel dándole un beso.

—Ese peinado le queda espectacular —añadió Cristina.

—El de ustedes también —respondió la Sra. Walker—. Creo que se les ve mejor que antes.

—¡Hola! —saludó una voz alegre.

Al voltearse, vieron al Sr. Walker caminando hacia ellas.

—Papá, ¿qué le pasó a tu pelo azul? —preguntó Raquel sonriendo.

El cabello del
Sr. Walker
había vuelto
también a la
normalidad,
pero la Sra.
Walker lo
examinaba
confundida.

—No me imagino
a tu papá con el pelo azul —dijo.

—Pues no necesita imaginarlo —dijo
Cristina conteniendo la risa—. ¡Mire
para allá!

La chica señaló una de las pantallas del
centro comercial. Para sorpresa de todos,
¡se veía un enorme primer plano del Sr.
Walker con el peinado de pinchos azules!

La Sra. Walker comenzó a reírse sin

parar y las mejillas de su esposo se
sonrojaron.

—No sé qué me pasó —dijo un poco
avergonzado—. Fue como si hubiera
estado bajo un hechizo que me hacía
desear tener el pelo azul.

—Pues qué suerte que el hechizo se
desvaneció —dijo la Sra. Walker
besándolo en la mejilla.

Las chicas intercambiaron una mirada.
¡El papá de Raquel no tenía idea de que
su broma sobre el hechizo era verdad!

—Todavía nos falta encontrar dos objetos
mágicos para romper de una vez el hechizo
de Jack Escarcha —susurró Cristina.

—Y los encontraremos —afirmó
Raquel—. Después de nuestra aventura
de hoy, siento que podemos lograr
cualquier cosa.

LAS HADAS DE LA MODA

Cristina y Raquel ayudaron a Jennifer
a encontrar su cepillo mágico.
Ahora les toca ayudar a

Brooke,
el hada fotógrafa

Lee un avance del próximo libro…

Fotofiasco

—Este lugar es tan hermoso —dijo
Cristina Tate mirando el exuberante
césped, las flores brillantes y las macetas
con palmeras a su alrededor—. ¿No es
divertido ver un jardín a esta altura?

Estaba en medio de un jardín en la
azotea del flamante Centro Comercial
El Surtidor. La fachada de vidrio del

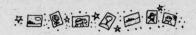

Café en el Cielo se encontraba en el otro extremo de la azotea y, al lado de la cafetería, había un elevador de cristal que conducía a los visitantes al complejo de tiendas.

—Se debe de ver más bonito con la luz del sol —respondió su mejor amiga, Raquel Walker—. Seguramente los cristales resplandecen.

Las chicas levantaron la vista hacia las nubes grises.

—Sí, qué pena que el día esté nublado —asintió Cristina.

Durante esa semana las chicas habían participado en un concurso de moda en el nuevo centro comercial y, para el día siguiente, estaba previsto un desfile para celebrar la primera semana desde la inauguración del centro.

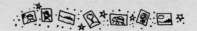

—Creo que este es el mejor lugar para una sesión de fotos, aunque el clima no sea perfecto —dijo Raquel sonriendo.

Los diseños de Cristina y Raquel quedaron entre los elegidos para participar en el desfile y ese día los ganadores tenían una sesión de fotos para la revista *Al día con la moda de El Surtidor*. La supermodelo Jessica Jarvis y la diseñadora Emma McCauley también estaban allí. Eran las invitadas especiales del centro comercial y ahora estaban ayudando a los chicos para que sus diseños lucieran lo mejor posible. Cristina llevaba puesto el vestido que había hecho con pañuelos, y Raquel los jeans con un arco iris pintado.

Cam Carson, la fotógrafa, estaba ocupada organizando a los ganadores en grupos.